정진규 2001 · 사진 하린

律呂集 /
사물들의 큰언니

—

초판 1쇄 2011년 7월 11일
지은이   정진규
펴낸이   김영재
펴낸곳   책만드는집

—

주소   서울 마포구 합정동 428-49번지 4층 (121-887)
전화   3142-1585·6
팩스   336-8908
전자우편   chaekjip@naver.com
출판등록   1994년 1월 13일 제10-927호
ⓒ 정진규, 2011

—

ISBN   978-89-7944-365-3 (04810)
ISBN   978-89-7944-354-7 (세트)

책 만 드 는 집
시인선 001

사물들의 큰언니

정진규 시집

책만드는집

律呂

　이제 모든 사물, 모든 대상을 리듬으로 만난다. 거기 시의 실체가 있고 몸이 있다. 律呂다. 율려란 우주의 생체리듬이다. 내가 추구해온 '산문시'의 리듬이다. 陰과 陽을 모든 대상으로부터 감지, 無縫交合하는 존재의 총체적 실현이다. 몸이다. 不二의 궁극이다. '律'의 어느 부분에 '呂'를 얹고 '呂'의 어느 깊이에 '律'을 놓느냐, 어느 무게를 골라 얹느냐, 그리하여 서로의 어느 길섶에서 몸 섞이게 하느냐, 그 순간을 듣고 보느냐, 실체를 생산하느냐, 하는 것이 시의 관건이다. 순서대로 싹 틔우고 꽃대궁 세우고 노랑꽃 한 송이 피우다가 허공에 날리는 민들레의 飛白, 모두가 '律'과 '呂'의 如合符節이다. 그 여합부절의 변형 실체다. '몸'이라는 생체가 그런 구조로 틈이 없이

4

흐른다. 六律 六呂를 감지하면서부터 내 시도 음양을 제대로 드나들고 있다고 할 수 있다. 쓰고 나면 온몸이 개운하고 시장기가 돈다.

이천십일년 辛卯 초여름
夕佳軒 큰 느티 초록 그늘 아래서

綿山 鄭 鎭 圭

| 차례 |

2부

3부

1부

* 시집에 앉히면서 律呂集 순서가 발표 당초와 전면 바뀌었음을 밝힌다.

조선 채송화 한 송이

소리의 속살들이 보인다 날아가는 화살들만이 아니라 되돌아 다시 오는 화살 떼들이 보인다 한 몸으로 보인다 너와 나의 운동엔 순서가 따로 없다 사랑의 운행엔 시간이 따로 없어서 거기 다 있다 그러나 비만肥滿이 아니라는 사실이 우리를 놀라게 한다 너와 나 사이를 빼곡빼곡 다져 쟁이는 빛의 초속超速들, 긋고 간 흔적이 없다 빛은 세상에서 가장 날렵하다 '쇠도끼 갈고 갈아 담금질 얼음 담금질 살로 빚은 금강金剛'*, 제 혼자서도 날아가는 날아오는 빛의 도둑 떼들이여, 햇살들이여, 해 뜨는 이 아침 자옥하구나 명적鳴鏑을 듣는다 살 섞는 소리를 듣는다 마악 피어난 작은 조선 채송화 한 송이가 찰나라고 일러야 하느냐 언제 제 혼자 피어 저리 세상에 빼곡빼곡 쟁여 있느냐

* 雪嶽 五絃 스님 尋牛頌 次韻.

律呂集 2

밥을 멕이다*

　어둠이 밤새 아침에게 밥을 멕이고 이슬들이 새벽 잔디 밭에 밥을 멕이고 있다 연일 저 양귀비 꽃밭엔 누가 꽃밥을 저토록 간 맞추어 멕이고 있는 겔까 우리 집 괘종 불알 시계에게 밥을 주는, 멕이는 일이 매일 아침 어릴 적 나의 일과였던 생가生家에 와서 다시 매일 아침 우리 집 식구들 조반을 챙기는 그러한 일로 하루를 열게 되었다 강아지에게도 밥을 멕이고 마당의 수련들 물항아리에도 물을 채우고 뒤꼍 상추, 고추들 눈에 뜨이게 자라오르는 고요의 틈서리에도 봄철 내내 밥을 멕였다 물밥을 말아주었다

* '먹이다'의 안성 사투리.

律呂集 3

마르게 웃는

　물 듣는 빨간 고무장갑을 빼면서 겨울 뜨락에서 나를
맞는 제수씨, 혼자된 제수씨처럼 마르게 웃는 슬픔을 나
는 안다 흐르다 멈추고 멈추었다 다시 흐르는 강물 끊긴
자리에 허리 꺾인 마른 갈대를 나는 안다 칼국수를 미는
제수씨의 홍두깨가 어느새 구겨진 슬픔을 밀고 있다 里長
볼 때, 아우가 타고 다녔던 낡은 자전거 한 대가 아직도
헛간에 기대어 서 있다 구르지 않는 슬픔을 나는 안다

달빛 방식

보름사리 떼*를 만나러, 몸으로 만나러 한 여자의 바다
가 곰소만으로 간다 달의 시간을 아는 가장 정밀한 시계
를 모든 물고기들과 여자들은 한 개씩 차고 있다 달은 힘
이 세다 달빛 밧줄 바다를 끌어당긴다 갯벌에 가면 조개
껍데기에 달의 시간이 달의 금줄이 깊게 패어 있다 조금
때는 짧고 사리 때는 길다 사리와 조금의 달빛 당기기, 달
빛 방식으로 사랑을 끌고 당기면 실패가 없다 가장 둥근
사랑을 성취할 수 있다 가득 채울 수 있다 칠팔월 보름달
이 뜨면 크리스마스 섬으로 가라 달의 명령을 따르는 홍
게, 대게들의 대이동이 시작된다 직방 전진! 우르르 바다
를 향해 암컷들 군단으로 알 뿜어댄다 떼로 몸 푼다 십이
월의 바다는 여름에 달궈진 온기가 남아 있다 멍게의 번
식기, 십이월 보름 암수한몸인 물멍게들은 오만 개의 알
들을 뿜어내기 시작한다 땅속의 물들도 보름달이 당겨 올
린다 수세미와 고로쇠도 달의 직속들이다 불임의 여자에
게 귀띔해드리러 보여드리러 곰소만으로 간다 달빛 방식
으로 해라 실패가 없을 것이다

토용 떼와 찔레꽃

다 상관이 있다 천리만리라지만 그게 아닌 것을 오늘 또 본다 중국 섬서성 진시황릉 속의 전사 土俑들이, 토용 떼들이 내 꿈길마다 웅기중기 막아서고, 연전 화양동 계곡에 가서 노박이로 젖었던 찔레꽃 향내가 무슨 상관으로 이 봄에 내 몸속에서 한몸으로 뒹구는 것일까 옆구리로 삐어져 나와 세상을 집적거리기도 한다 오염되어 돌아가기도 한다 천리만리 살 속까지 속속들이 당기고 있는 저 것들을 규명하려 들지 말자 건너갈 다리는 이쪽에서 가다가 홀연 없어지고 저쪽에서 오다가 홀연 없어지기도 한다 그 홀연을 규명하자 홀연이 가장 강력하며 위대하다 모든 것은 단번에 홀연 炎이다 겨울밤 겨울 밭에서 마늘 싹이 돋는 걸 본 사람은 아무도 없다 마무리는 위대하다 홀연이다 내가 임신중절한 것들, 싹이 돋기를 포기한 씨앗들 천리만리로 홀연 되돌아갔을까 홀연 몸을 바꾸었을 따름이다 律呂*의 子宮 속으로 그저 아득히 着陸하고 있다

16

* 우주 生成의 리듬이라고 풀이할 수 있을 것이다. 12律로 나누고 이를 다시 陽의 소리에 속하는 六律과 陰의 소리에 속하는 六呂로 나누어 말한다. 陰陽이 만나는 生命의 리듬, 그 실체들의 몸짓이 빼곡하게 차 있는 秘儀의 공간으로 나의 시가 運行을 시작했다. 『禮記』에 '正律和其聲'이라 한 대목이 보인다.

사물들의 큰언니

모든 직속들 가운데는 第一番 직속이 心腹이 반드시 있기 마련이다 모든 사물들의 큰언니가 반드시 있다 작은언니들도 충실하게 따라 웃는다 부처님의 직속, 건달들이 대로변에서 공즉시색 색즉시공 열심히 탁발을 하고 있다 큰 느티의 직속, 매일 아침마다 첫 번째 햇살로만 첫물로만 쟁이고 쟁여 터뜨린 이파리들, 초록 金剛들로 큰 그늘을 드리우신다 공기의 직속, 바늘구멍까지 파고들어 고이고 고이는 들숨 날숨의 숨결들이 고랑을 내고 있다 저녁 노을의 직속은 돌아오는 되새 떼들의 방향을 한바탕 그려내는 속도의 색채를 펼친다 패랭이의 직속, 눈이 오는 초겨울까지 홑겹의 꽃잎만으로도 오지 않는 사람의 길목을 지키는 사랑의 결간을 지니고 있다 나의 직속, 바람들이 근간엔 마른 풀들 전신으로 궁그는 벌판에서 거듭 고꾸라지고 있다 이럴 때마다 나는 直前을 예감한다 무엇이 다가서고 있는가 사물들의 큰언니, 작은언니들아, 꽃피는 實體들아

백내장 수술을 하고 나서

닦지도 씻지도 말고 감지도 헹구지도 말고 한참을 그대로 견디라고 신신당부를 했다 있는 대로 원래대로 생긴대로 때를 묻힌다 새로 눈 뜨고 싶거들랑 그리하라고 했다 그렇구나 새로 눈 뜨는 일이란 一步 원래대로 돌아가는 後前進이로구나 뒷걸음이로구나 거기 멈춰! 이제 몇날 지나니 잊었던 추억들이랑 배반의 골목들도 보이기 시작하긴 하지만 生體를 거느리는 저어쪽 초생아실에서 맡았던 그 싱싱한 비린내가 아직 맡아지지는 않았다 겨우내눈 내린 땅속에 묻혀 몸살 앓는 백합꽃 구근들의 초록 촉대마저 기별이 아득했다 기다리자, 시간은 復元을 생산한다 내가 허문 너를 원형대로 다시 짓는다 見性의 수정 유리창을 갈아 끼운다 내가 보는 게 아니라 머언머언 별들이 초속으로 달려와 거기 박히는 깊은 밤도 있다 황홀하다 더께를 긁어내는 칼! 尋劍堂에 들어앉았다 어느 아침기별 가거든 거기 그대로 서 있거라 거기서도 화안히 보여야 하느니 황홀해야 하느니

睡蓮

　닫히는 고요로 피는 꽃, 꽃이 터질 때마다 꽃을 꿰매는 무봉無縫의 손을 보았다 닫히는 고요를 보았다 그렇게 터지는 또 다른 꽃을 보았다 한낮이 지나면 수련들은 어김없이 입을 다문다 닫히는 꽃이여, 닫혀서 피는 꽃이여 터지는 고요여, 고요의 비수匕首여

눈 오는 저녁에

싱싱한 돈절頓絶이 사흘째 하얗게 켜로 깔리고 있다 이제 가장자리까지 아득히 지웠으니 기다리지 않고도 시가 되는 저녁이 곧 오리라 죽음의 봉분까지 하얗게 平土 치는 폭설이여, 싱싱한 돈절頓絶이여 光케이블까지 빗장 걸고 실로 오랜만에 외로움의 속살을 고맙게 만지고 있다 외로움이 무한 증식되고 있다

達磨農法

나는 과원을 경작 중이다 따뜻한 햇살과 부드러운 바람과 하느님의 비가 섞인 예감과 체험으로 잘 비벼 향기로운 살결을 빚는 비법을 터득하고 있는 중이다 아침밥을 먹고 나면 어김없이 나는 꿀벌통을 살피러 언덕을 내려갈 것이다 꽃들이 몸을 섞는 살을 만드는 달밤을 위하여 나는 하루 종일 햇볕 속에서 비의의 통로를 꿀벌들과 함께 열어두어야만 한다 나는 겨우 두어 번쯤 밀짚모자를 벗어 이마의 땀을 훔칠 것이다 나의 耕作日記는 예감과 실천으로 가득 차 있다 그게 나의 農耕法이다 達磨農法이라는 게 있다 통로를 大自由로 한껏 열어주어 정신없이 드나들게 해야 한다 함몰의 끝에서 실과가 영근다 온갖 벌레들과 혼숙하는 그들만의 비밀의 쪽방을 따뜻하게 미리 뎁혀두는 시간의 장작들을 말리고 아궁이에 불을 지피는, 저녁을 아는 짊어내는 예감과 체험의 결이 깊게 파인 손을 나는 어느새 가지게 되었다 나는 뛰어난 경작법을 잘 알고 있다고 말하지 못한다 그대여 어떻게 사랑法을 입으로 말하겠는가 다만 와서 보시라고 만져보라고 어젯밤에도 귀농을 꿈꾸는 그대에게 길고 긴 편지를 썼다 한 가지 겸허하게 순종할 수밖에 없는 일이 있다 꽃 필 때의 하느님 인심은 어쩔 도리가 없다 가난하게 통과해야 할 통로가 하나 있다 春雪亂紛紛이라는 말을 시인들은 소리 질러 찬양하지만 나는 절망을 소리 질러 외친다 그런 꽃 필 때를 통과한 과실들은 어김없다 삐뚤다 못생겼다 헛농사라는 게 있을 수도 있다 다만 혼자서 몸부림쳐 깊어진 속상처의 살결들은 씹을수록 별다르게 달다 울어나는 맛이다 향기가 다르다 천한 것들의 깊이라는 게 있다 그 질긴 별미를 즐길 줄도 알아야 한다 그런 꽃몸을 탐할 줄도 알아야 한다 편지를 그렇게 마무리했다 삽과 괭이를 잘 씻어 달빛 드는 헛간에 세워두고 그렇게 길고 긴 편지를 한밤 내썼다

別種

　모든 것엔 반드시 別種이 있다 모든 책엔 異本이 있다
烈女春香守節歌도 異本이 있다 눈물마저 눈물의 異本이
있다 그렇다 눈물의 女帝, 마음만 먹으면 여자들은 별종
의 눈물 흘릴 수 있는 淚腺을 지니고 있다 공기는 세상을
언제나 한꺼번에 껴안아 멍든 살들로 푸른 살들로 온통
살찌고 있다고 일찍이 내가 내린 청승살에 대한 定義를
청승살에도 異本이 있다고 붉은 연필로 보완 수정하면서
전혀 무관한 듯하지만 내가 정의한 '단번의 마무리'에 대
해서도 다시 할 말이 달리 떠올랐다 모든 완성의 순간은
번개다 몸이다 절대 틈을 보이지 않는 것에 대해서도 다
시 생각하게 되었다 들어보시게나 멍들의 결, 공기의 골
짜기로 흐르는 꽃피워낸 흔적들을 보았다 꽃피워낸 힘,
멍들을 보았다 마무리는 단번에 둥글게 찍는 새까만 점만
이 아니다 그냥 단번이 아니다 우려냄의 끝에서 발효의
끝에서 단번에 결을 내는 단번의 길, 그런 단번이다 넘치
는 술 항아리들 속에서 익은 술들이 또록또록 눈을 뜨고
있었다 괴고 있었다 그럴 때 단번에 떠내라는 뜻이다 모

든 것엔 別種이 있어 실로 다행이다 사람의 異本인 나도
다행이다 단번이 아니어서 여기까지 왔다

새로 심은 배롱나무 두 그루

같이 살자 해놓고서도 우후죽순이 아니라 우후 잡초로
솟아오르는 쇠뜨기 질경이 괭이눈들을 서둘러 뽑고 있는
나는 아직도 빗장이 많고, 좀 지나 땅이 말라 물기 가시면
풀들이 뽑히지 않는다는 걸 잘 알고 있기 때문이다 나의
방어는 이토록 훈련되어 있다 해마다 새 나무들을 심어서
먼저 심은 나무들의 자리와 허공을 갑갑하게 하는 것 또
한 자유의 황홀을 탐한다 하면서 욕망의 황홀에 아직껏
자유롭지 못하기 때문이다 언제야 비인 자리를 그냥 두고
볼 수 있을까 냅둘 수 있을까 지난봄 새로 심은 배롱나무
두 그루가 어제오늘 심상치 않다 놀라워라, 滿開로 나를
황홀케 한다 빗장을 열어젖힌 것인가 갑갑한 허공을 터뜨
린 것인가 革命인 것인가 자유의 황홀을 내게 압도적으로
가르치는 것인가 내 안에 넘치도록 가둔, 곳간에 쟁이고
쟁여둔 욕망의 황홀인가 어느 쪽인가 또 한 手 눈치채고
있는 중이다 몸이 뜨겁다

가지를 치다

내 뜨락에서 가장 영양이 좋은 뽕나무와 회화나무의 가지를 쳤다 특히 회화나무는 삼 년째 몸살 중인 산수유 곁에서 염치도 없이 당당하기만 한 뻔뻔한 그 모습을 그 천박을 그대로 두고 볼 수가 없었으며, 산수유를 더 기죽게 하는 것이어서 끝내 칼을 들어야 했던 것이다 뽕나무는 얼결에 제 몸을 내놓아야 했던 것이고, 하기야 나무란 가지를 잘 솎아주어야 허공을 제 몸속에 잘 다스릴 수 있다는 것을, 스스로 못 버리는 걸 잘 버려주어야 제대로 허공을 차지할 수 있는 걸 나는 알고 있었다 회화나무도 뽕나무도 산수유도 훨씬 잘생겨 보였고 그 곁에 소나무는 더욱 푸르렀다

연꽃들

연꽃들엔 충만의 속도를 화알짝 하늘 햇살로 열어젖히
는 당당한 초록 이파리가 있다 마침내 등을 가득 내어 걸
었다 방죽을 가득 채웠다 화안해졌다 연전 내가 크게 절
망했을 때 전주 덕진공원 연못 가서 새벽 연등 내어 걸고
두 번째다 화안해졌다 가득 채우기, 절망의 절망으로 가
득 채우기 채우는 속도가 실물로 눈에 보였다 속도의 실
물을 처음 보았다 자라오르는 생물의 속도가 저리 번지듯
빠른 것은 처음 보았다 무얼 멕인 것 같아 조마조마했다
넘치지 않게 가장자리의 끝에서는 속도를 지우는 연꽃들
피었다 내 안에서도 문 열고 나오는 그런 속도가 보였다
장엘 가면 보체리 사람들 어쩐 일이냐고 얼굴이 모두 화
안해졌다고 연꽃 피었다고 야단법석이었다 마을 노인회장
집 막내며느리는 쌍둥이를 순산했고 그래, 연꽃들의 野壇
法席, 안산 풀섶에선 없던 반딧불이가 밤새도록 충만의
속도로 함께 반짝거렸다 어디로 건너가고 있었다 화안해
졌다

비 오는 날

콩밭에 내리는 빗줄기 젖는 콩잎들 들깨밭에 내리는 빗줄기 젖는 들깻잎들 한참 보고 있노라면 보고 있는 나와 젖은 콩잎들과 젖은 들깻잎들이 무관하지 않다 나도 젖는다 빗줄기 저도 젖는다 비 오는 날은 내가 무관하지 않다 모든 사물들과 유관하다 젖어서 그것도 아득히 유관하다 비안개 피어오른다 젖어서 이어진다 이어지는 소리가 나와 콩잎들을 들깻잎들을 빗줄기들을 건너다닌다 소리의 줄기가 빗줄기가 보인다 한참 너와 건너다닐 적 생각이 난다 실컷 보고 들었다 이젠 지워지지 않을 것이다 비 오는 날은 내가 무관하지 않다

늦가을 1

울음 살결, 소리 살결 슬픔의 소리테가 소리 없이 둥글
게 돈다 많이 느려졌다 여름내 징 한 채로 울고 울던, 울
음으로 닳아진 살결 그래도 가을 살결엔 햇살 꼬리가 남
아돈다 세상에, 슬픔도 끝자락에선 빛으로 머무는 걸 본
다 쉽게 놓지 않는다 둥글다 닳아진 징바닥 하나로 둥글
게 남은 네 가슴 아무래도 많이 얇다 얇아서 깊이가 보이
기 시작한다 좀 춥다 허리 꺾인 연꽃 줄기들 늦도록 방죽
을 떠나지 못한다

宮*

트기 시작한 우리 집 마당 산수유 꽃눈들 조금 만지고 지나간 봄비의 손톱 밑이 노오랗다 뒷마당 우물 속에 떨어진 봄비는 노오란 색깔로 여는 상징의 소리를 낸다 井間譜여, 상징의 실물들은 아무래도 실한 큰언니들 봄날의 젖무덤들, 한참 젖몸살을 앓고 있는 신음이다 지난겨울은 참혹했다 젖은 제 몸을 눕히지 않는 곳이 없는 봄비의 저 부드러운 전폭은 실로 무서운 보복이다 상징의 소리가 당도하기도 전 햇살들의 손목에 끌려 서둘러 떠난 겨울, 미처 同行을 놓친 흰 눈의 뒤꿈치가 내 가슴팍에 눌려 있다 네가 남긴 상처, 슬픈 낙관마저 적시고 있다 젖몸살 앓는 소리 깊게 소곤거리니 받아 적는 글씨도 빼곡하게 잘다 틈새마저 젖는 무서운 보복의 書體여 律呂여

---

*律呂本元(『律呂新書』). "모든 소리는 陽이다. 아래서부터 올라가서 그 半에 미치지 못하면 陰에 속하며 통달하지 못하므로 쓸 수가 없다. 올라가서 반에 미친 연후에 陽에 속하며 비로소 화창함으로 그 처음에 써서 宮이 되니".
律生五聲, 宮 商 角 徵 羽.

늦가을 2

사물들의 경영이 날로 자세하다 상세해지고 있다 얇아진 만큼 깊이가 보인다* 청솔모도 곤줄박이도 잣을 까 내어서 비워내어서 비워냄을 입안에 잔뜩 물고는 먹지도 삼키지도 않고 어디론가 바삐 가져가고 있다 이 가지에서 저 가지로 건너뛰는 뒷다리의 정강이가 그 어느 때보다도 심줄 팽팽하다 그게 늦가을의 몸들이다 비어 있는 내 곳간, 비어 있는 항아리, 박물관에 전시 중인 그 어떤 그릇도 깨어진 토기 하나마저 채워져 있는 걸 본 적이 한 번도 없다 항아리 속에서 신라 적 거미줄일까 거미줄에 걸린 하루살이 두 마리를 한참 들여다본 적은 있다 하루살이가 정말 영원을 살고 있다고 생각해본 적은 있다 마른 냄새라는 게 있다 박물관 냄새, 역사의 경영은 가감이 없어야 하리 비워냄의 냄새 비어 있음의 충만이리 내 사랑의 경영이 이토록 날로 자세해지고 있다 마른 쑥내가 나고 있다 直星**이 풀리고 있다

* 얇아진 만큼 깊이가 보인다 : 정진규 시 「律呂集 16-늦가을 1」.
** 사람의 行年을 따라 그 운명을 맡는 별.

경주에 가다

갈아 끼울 것들이 너무 많이 급해서 그걸 찾아 떠났다
경주 잠적 삼 박泊 사 일日 거기 가야 있을 거란 점지點指
가 있었다 너를 향해 절름거리는 내 고장 난 관절 하나도
내어줄 것 같았다 부처들을 떼거리로 만났다 떼거리라고
해야 내 이번 부처 알현이 알현다워진다 떼거리, 경주 남
산南山 부처 떼거리, 내 어릴 적 안성천 다리 밑 거지 떼
거리들 부처님들로 거기 다 와 계셨다 얻어 온 잔치 음식
들을 꾸역꾸역 자시고 계셨다 패거리와는 다르다 와글와
글 나를 인견하셨다 내 동냥을 제대로 받아주실 것 같았
다 내어주실 것 같았다

2부

집

그의 등줄기에 上樑文 한 줄 기일게 썼다

대들보 하나 올렸다

老果

七十老果 秋史, 어린아이 필체로 낙관한 글씨를 보았다
개복숭알 먹어보았는가 純種은 잘고 맛이 덜하다 달지 않
다 그런 맛과 향기가 났다 古拙이다 조강지처를 비로소
알게 된 나이, 나도 七十老果임엔 틀림이 없다

뿔

인각사* 갔다 印覺이 아니라 麟角이었다 다르지 않았다
몸을 보았다 뿔 하나 얻었다 허공에 아득히 걸리었다

* 麟角寺. 고려 후기 고승 一然이 이곳에 머물며 『三國遺事』를 완성했다.

쨍한

눈보라도 없이 쨍한 겨울 아침 동치미 국물도 얼었다
잎 떨군 맨가지 느티의 털복숭이 겨울눈들이 내다보고 있
는 얼음 金剛 쨍한 트임

수평선

경계를 긋고 있는 無縫의 律呂여 거기까지 나를 확장한
다 아득히 나를 끌고 간다 햇살 끓고 있는 바알간 도가니

抱卵

抱卵의 새들이 그 잘나가는 비상을 접고 얼얼하게 제
몸 제가 쪼아 제 털 제가 뽑아 새끼들 둥지를 틀고 있는
뎁히고 있는 부리, 뒷숲 삼월의 고요가 남달리 깊고 따뜻
한 까닭을 알겠다 저게 줄탁이거니 直前이거니 부리여!

강낭콩

  강낭콩 강낭콩 소리 내보면 새벽 강 참방거리는 쪽배,
콩깍지 쪽배 노 젓는 소리가 난다 소리가 보인다 작은 사
람 하나 돌아온다

야단법석*

마른논에 물 대고 나니 개구리들 밤새 잠 못 이루신다

*野壇法席.

胎

    여자들은 무엇에나 한 그릇 밥을 고봉으로 슬어놓는다 하얀 알을 슬어놓는다 지어놓는다 낳는 일과 짓는 일은 다르지 않다 고추 농사 지을 때마저 그렇게 한다 가득 밴 노오란 고추씨들 가을 햇살 아래 쏟아진다 배를 따고 있다 그래야 直星이 풀린다 다행이다

우물

　가을비 오는 밤 나이 든 황병기가 뜯는 가야금 소리, 소
리가 읽고 있는 井間譜에 내리는 빗줄기, 가득히 고이는
〈迷宮〉*이여 아득히 드리우고 있는 母語의 두레박줄이여

* 황병기 曲.

산비알

빛바랜 사랑이여 나이 든 여자가 들꽃을 꺾고 있다 혼
자서 산비알에 엎드려 노오란 들국을 꺾고 있는 나이 든
여자의 굽은 허리여, 슬픈 맨살이 햇살에 드러나 보였다
히야! 오랜만에 눈물겨웠다 중얼거렸다 나이 든 여자의
슬프게 아름다운 산비알이여

동냥

오늘 계량해보니 내 빌림은 빚을 냄은 평생 소멸을 위한 것들뿐이어서 갚아낼 재간이 전혀 없다 익숙한 비인 곳간의 곰팡내여 그윽한 소멸뿐이다 내 힘으로 아니 되면 그냥 말걸, 문전을 돌며 탕감을 애원하는 내 꼴을 누가 托鉢이라 이름했는가 슬픈 동냥이여 날이 저문다

律呂集 32

保體里[*]

마악 지고 난 붉은 배롱나무 꽃자리를 통과하고 있는 쓸
쓸한 저녁노을 묻히고 서 있는 여자의 바알간 목덜미, 그
렇게 나를 기다리고 서 있는 그에게로 오늘도 내가 숨어
든다 돌아오고 있다 오늘도 낡은 가방을 들고 삼십 년대
처럼 내가 아주 작은 키로 버스에서 내리고 있다 중절모
를 쓰고 있다 논두렁길로 한참 더 걸어 들어가야 한다

* 나의 생가 마을.

律呂集 33

月精寺에서

가을비 오는 날 그리로 혼자서 갔다 젖어 있는 길, 삼보
일배三步一拜 땅바닥 사랑 감행하였다 젖어 있는 길, 땅바
닥 배접褙接된 단풍잎 그림 화안하게 우련 붉었다*

* 우련 붉어라 : 芝薰「落花」.

깁는 요령

    슬픔은 듬성듬성 기워라 기쁨일랑 아주 촘촘하게 누벼
라 숨 쉴 틈, 틈이 없어서 또 틀어지거나 너무 헤퍼서 웃
음소리 담 넘어가거나 그러하였던 것이니

律呂集 35

만화방창

꽃들이 떼거리로 하도 온몸 조이다 보니 마개가 못 쓰
게 되었습니다 겉돌게 되었습니다 향기 저장이 어렵게 되
었습니다 더는 조일 수 없게 되었습니다 질펀하게 되었습
니다 화악 허공이 열렸어요 차라리 다행입니다 대참사 직
전에서 끝내주었습니다 기절하고 있는 중입니다 큰일 저
지를 뻔하였습니다

탕진의 새 아침

　지난 늦봄부터 가을 초입까지 꽃 피우느라 바닥낸 탕진
의 몸 허리 꺾인 연꽃 줄기들 겨우내 맨몸으로 떨고 서 있
더니 봄비 내리자 감쪽같이 몸 바꾼 푸른 연잎들 가득가
득 엎드린 방죽, 이 아침 햇살도 잎잎이 건너다니고 있다
탕진을 감쪽같이 물 밑에 누인 새로운 탕진이여 분주하다
사랑이여 조짐이여

살던 골목에 다시 가다

이리로 모시고 이사 온 삼십 년 산수유, 삼 년째 몸살이
시다 산수유가 거느리시던 햇살 두어 줄기와 하얗게 눈
내리던 날 그날도 그대로 빠알갛게 달고 있었던 산수유
열매 두어 알들 빠뜨리고 온 그것들이 궁금했다 찾으러
갔다 욕심이지 아무래도 그것들 때문에 삼 년째 몸살을
앓고 있는 산수유 때문에 발이 떨어지질 않았다 산수유
때문에 純金히

3부

석가헌*

석가헌에는 황공하옵게도 석가가 여러 분 숨어 사신다
어제오늘은 막 피어나기 시작한 접시꽃 수다스런 접시꽃
들 입 다물게 하시느라고 접시꽃 꽃접시마다 가부좌로 눌
러앉아 졸고 계시다 꽃 피는 아침마다 손을 모으면 黙黙
不答이시다가 해 질 녘이면 다가서거라 한 마디씩 귓속말
로 일러주신다 그래서 저녁 夕 아름다울 佳, 夕佳軒이다
시간이 가만히 멈추는 고요를 꽃접시 가득가득 담아주신
다 해 지면 입 다무는 꽃들의 입술로 나도 입을 다물었다
벼락이다 고요라니! 귀머거리가 될 때까지 그러실 것이다

* 정진규 寓居.

〈아이티의 눈물〉, 퓰리처 속보 사진 부문 수상작.

사진*

　이런 눈물을 본 적이 없다 우는 입술을 처음으로 눈여
겨봤다 우는 입술은 흔들림의 본격本格이다 실로 첨예하
다 흔들림이 슬픔 쪽으로만 깊게 쏠린다 슬픔이 완성되고
있다 내가 내 안엣것들을 저런 실물實物로 빚는 몸이었던
적이 있었던가 내 슬픔이 저토록 온몸이었던 적이 있었던
가 하나뿐인 사실의 본격本格이라고 적어놓는다 이만큼
자꾸 사실보다 더한 사실로 넘어가려는 감동을 내가 울어
서 덜어낸다 제자리에 앉힌다 눈물이여, 내가 덜어낸 눈
물만으로도 벌써 더욱 눈물다워 있는 눈물이여

* 2010년 1월 대지진이 발생, 30만여 명이 숨진 아이티, 노트르담 성당에서
　미사를 보던 한 여성의 눈물. 퓰리처상《워싱턴포스트》속보 사진을 보다.

미이라

천 년 썩지 않은 미이라를 두고 썩지 않았음을 찬탄 찬
탄하는 사람들은 썩었어야 정상이라는 정답을 내리고 싶
은 거겠지만 앞으로 천 년 동안 욕망의 날내가 두고두고
진동할 사람들이다 썩지 않을 사람들이다 다만 사랑은 다
르다 천 년 동안 썩지 않을 미이라로 네게 남겠노라고 뻔
한 거짓말을 한 바 있다 지우려 했으나 지워지지 않았다
사랑은 본래 형체가 없는 것이니 본래 디딜 가장자리가
없었던 것이니 거짓말이 상습常習이다 사랑은

풀꽃들

꽃도 피고 열매도 맺지만 이름이 없는 것들 나는 많이
사귀었다 이곳 와 살면서 어쩌나 어둠이 오면 어쩌나 해가
질 때마다 나는 저것들이 걱정이었다 서둘러 등불을 내다
걸었다 이름이 없는 것들은 어둠 속에서 더 어둡다 지워지
면 어쩌나 아침에 눈뜨면 그것들부터 살피는 게 일이었다
고맙다 오늘 아침에도 꽃이 피어 있구나 내일 아침엔 이름
달고 서 있거라 네 앞에 한참 쪼그려 앉아 있었다

방죽에 대하여

예 와 살면서 방죽 하나 공들여 가꾸고 있다 맑은 산물
도 끌어 대고 언덕엔 나무도 심고 야생화도 캐다 심었다
참붕어도 여러 마리 윗마을 움벙에서 里長이 건져다 넣었
다 연뿌리 심어 기다리고 있다 삼 년째다 살얼음 잽히던
날 내가 낚싯줄 거두던 날 늦가을 저녁 허리 꺾어 연잎 떨
구더니 지난겨울에도 얼어 죽지 않고 봄 들자 파아랗게
고개 든 연잎들 하늘 향해 활짝 개었다 햇빛 쟁이고 쟁여
세상 가득 개었다 초록 金剛 연뿌리 햇빛 쟁이고 쟁여 초
록으로 개었다 닫힌 너도 열 수 있겠다 夏至 지난 오늘
아침엔 해 뜨기 전 나가보았고 조반 먹고 또 나가보았다
꽃대궁마저 일어서 올부턴 분홍빛 뾰족한 향기 주먹으로
닫힌 네 가슴 두드리기 시작했기 때문이다 잘 있느냐 가
시연꽃이다 아무나 덤벼들 수 없다 화알짝 향기로 개이는
날 너를 이 꽃방석에 앉힐 것이다 뿌리치겠느냐 그러면
죄받는다 자다 깨면 늘 타던 목도 이젠 갈하지 않고 막힌
눈물샘마저 트였는지 슬픔의 촉기란 것도 알게 되었다 아
득하게 젖을 줄도 알게 되었다 날마다 잠도 깊게 들었다

꿈속의 꿈까지 꾸었다 젖었다 알고 보니 방죽이 마을의
가습기였다 집집의 가습기였다

귀띔

태어나기 전에도 세상에 나가라 하시는 그런 귀띔을 받았을 터이다 다만 듣지를 못하였을 터이다 귀가 열리기 시작한 이후로는 시인이 된 연후로는 귀名唱이라 부를 만한 연후로는 오늘은 무슨 내용일까 무슨 색깔일까 기다림의 나날이었다 황홀한 예감의 나날이었다 예감마저 지우는 直方의 황홀도 있었다 오늘은 그런 귀띔대로 석류 두 그루를 심었다 석류는 꽃도 좋고 맛도 좋다 쩍 벌어지면 보석 바구니다 말씀도 함께 심었다 석류, 이름도 함께 심어야 몸이 보인다 자라오르는 말씀의 몸을 베끼고 싶었다 오늘은 그런 귀띔이 있었다

律呂集 44

墓舍를 뜯어 오다

비인 채 잡초에 싸여 있던 삼백 년 조상 모시던 낡은 묘사를 철거 명령에 따라 뜯어 옮겼다 포클레인으로 단번에 해치려는 것을 말리고 말려 사람을 사서 手作業에 들어갔다 기왓장 한 장 한 장 이끼 앉은 것들을 손으로 내렸다 어쩐지 내 性天의 지붕을 덮고 있었던 것들이란 생각이 들어 소중했다 비용이 배보다 배꼽이 더 컸다 재활용이 어려웠다 하나하나 손으로 구운 기왓장들이어서 크기가 서로 달랐다 요새는 그런 기왓장 아귀 맞출 줄 아는 기왓장을 만나기가 하늘의 별 따기라 했다 그래서 더욱 귀했다 재활용이 어려운 것들은 귀하다 단번은 귀하다 한 번 쓰고 나면 그뿐인 것들은 귀하다 소모품은 순결하다 한 번만 써야 하는 것들은 귀하다 순결은 귀한 것인가 아무나 못 하니 귀하다 삼백 년이나 묵은 기왓장들이 아니신가 나는 아직도 그렇게 믿는 사람이다 사람을 못 만나서 그렇지 그런 날이 반드시 올 것이다 하늘의 별 따기 그런 기왓장을 만날 날이 올 것이다 그런 날을 나는 기다리는 사람이다 서로 다른 것들도 아귀가 맞아야 한다 달인이 오고 있다

꽃을 가꾸며

산다는 게 이리 축복이라는 걸 알게 되었다 해보니까 확실히 그렇다 나를 가꾸는 게 꽃이기도 하거니와 내가 그런 꽃들을 가꾸는 사람이라니! 축복이다 꽃으로 내가 날로 가꾸어지고 있다니! 날 버리고 간 사람아, 다시 돌아오시게나 가꾸는 힘을 내가 꽃들에게 주고 있다니! 그대에게도 진정 이젠 드리고 싶네 나도 그대에게 밥을 멕이고 싶네 흘리지 않고 멕이고 싶네 꽃들에겐 이음새가 있다네 수선화 제가 다 못 멕이면 앵초에게 앵초는 달맞이꽃에게 이내 손잡아 건네는 어머니의 손, 멕이는 손, 연이어 핀다네 꽃을 가꾸어보아야 저승까지 보인다네 저승까지 당겨서 보게 된다네 어머니가 보인다네 저승까지 당겨서 꽃밥 멕이는

아내가 집을 비운 동안

달라진 것은 뒷마당 텃밭의 방울토마토들이 너무 익어 죄다 터져버린 것 말고도, 옥수수들이 딸 때를 놓쳐버려다 쇠어버린 것 말고도 퉁퉁 부은 눈을 부비며 새벽마다 대문 빗장을 따고 도망치듯 빠져나가는 나리꽃 한 송이가 있었다는 소문이 자자하다 아내가 집을 비운 동안 달라진 것들 가운데는 어쨌건 내 몸 간수에 대한 관심사들이었고 나 또한 나에 대한 무슨 새로운 발견이 가능하지 않을까 하는 변화의 조짐에 대한 것이었다 그게 제일 관심사였다 아내가 집을 비운 동안 내가 디딘 발자국이 찍힌 자리와 소리를 소리의 무늬까지를 제일 확실하게 알고 있는 것은 나다 들통 낼 사람도 나일 뿐이라고 언제나 나의 前歷을 내가 간수해왔으니 그렇지 않겠는가 다만 나 사는 집 큰 느티가 또한 다 알고 있다고 큰 그늘에 나를 가둔다 내가 느티를 공경하기 때문이다 아내가 집을 비우기 전 한창이었던 나리꽃들이 하긴 모두 다 져버렸고 백일홍들은 백일홍답게 남은 백 일을 지키느라고 한창이다 아무래도 나리꽃들이 혐의를 벗어나지 못하고 있다 수다스럽고 바람氣

가 있어 보이던 접시꽃들은 나와도 內通이 자심하였으나
일찌감치 떠나버려 혐의를 모면하였다 원래 프로들은 들
통이 나지도 않고 내지도 않는다 프로인 나의 솔직한 고
백이다 아무래도 나리꽃들은 혐의를 벗어날 길이 없다

십일월의 저녁

시를 읽는 이 십일월의 저녁이 왜 이리 아득히 쓸쓸하다냐 내일 만나 저녁을 함께 먹기로 한 애인이 그 일을 잊지 않고 감행해야 하겠다고 전화가 오다가 끊어지고 감행이라는 말을 쓰는 걸 보면 이미 그의 감성의 행간에서 빼곡하게 자라던 그리움의 융모絨毛가 성장을 멈춘 게 틀림이 없고 많이 지워진 거란 생각이 들었다 뜨락의 개가 자꾸 짖었는데도 사료 주는 걸 밤이 꽤 깊었는데도 잊고 있었고 나도 저녁 먹는 걸 잊고 있었고 그저 하얀 공복이었다 시만 계속 읽고 있었다 쓸쓸한데도 시에 매달리고 있었다 까닭인즉 쓸쓸함이 앞으로 나가는 만큼 등 뒤의 쓸쓸함을 시가 지워주고 있었기 때문이다 달래주고 있었기 때문이다 한참 그렇게 시달리다가 십일월의 이 쓸쓸함을 총체적으로 규명하고 싶었다 확인한 바로는 첫째, 십일월이 그 위대한 이유이고 우주가 제일 깊게 기우는 시간이고 내 음양이 그렇게 기울고 있었기 때문이었다 십이월은 일어서기 시작하는 直前의 시간이고 십일월은 마지막으로 기우는 시간이기 때문이고 그 무게를 내가 감당하기 쉽지

않았기 때문이었다 두 번째 이유는 내가 시를 읽고 있었
기 때문이고 읽을수록 나의 시간이 공복이 되어가고 있었
기 때문이었다 애인이 나와 내일 저녁을 먹는 일을 감행
이라고 한 말이 실은 가장 가까운 쓸쓸함의 주범이라는
걸, 그리움의 융모가 그와 나의 행간에서 성장을 멈추었
기 때문이라는 걸 나중에서야 확인했다 나의 옹졸함이여

쪽방

절름거리며 오는 저녁 거리여, 흘리고 가는 발목이 가
느다란 다소 외로운 기침 소리들을 굴러가는 검은 비닐봉
지에 주워 담아 어디로 가고 있는 남루한 바람결이여, 조
심스럽게 만진다 저녁은 굵지 않았겠지 까칠한 외로움의
살결들엔 어떤 상처의 작은 자국도 남기고 싶지 않다 조
심스럽게 만진다 어디라도 머물 쪽방 한 칸은 있는 법이
어서 몽매한 나도 여기까지 왔다 거기까지는 저도 가겠지
희망이라는 말이 촌스럽지 않다는 것을, 발목은 가느다랗
지만 슬픔은 희망 쪽으로 가는 몸이라는 걸 알게 되었다
그게 철이 드는 한 그루 내 뜨락의 그 소문난 산수유라는
걸 알게 되었다 몸살 삼 년에 우듬지부터 꽃으로 내어 미
는 철이 드는 노오란 황홀을 보게 되었다 황홀이 등을 밀
어 네 문전에 당도해 있다 쪽방 문전이다 너와 함께 애절
턴 거기, 거기는 아니어도 순천만 갈대밭 한가운데쯤은
아니어도 겨우 여긴데 새어 나오는 쪽방 불빛 따뜻하다
저도 저의 거기쯤 다 가서 신발 벗고 있으리

原本

그 어른께서 제자리로 돌아오셨다 일본日本 천리대天理
大 박물관에 피랍되어 가 계셨던 내 선대 표천공瓢泉公*
초상 객지 한 벌이 이모移模되어 슬픈 환국을 하셨다 원본
原本은 아니지만 그 어른의 이 귀향을 그분께오서 당신 아
버님 시묘侍墓턴 묘사墓舍 터, 지금 내가 그분 묘지기로
있는 우리 집에 모시는 날, 햅쌀로 떡과 술을 빚고 정장을
하고 새벽부터 설레었다 엎드려 봉안했다 내가 이곳에 자
리 잡자 당신도 이곳에 돌아오셔서, 만리타국萬里他國에서
돌아오셔 한집안에 거居하시겠노란 이 속뜻이여! 거居여!
거居여! 거居여! 원본原本은 아직 아니지만 원본原本의 그
리움을 비로소 알게 되었다 지난해엔 집 나갔던 애벌구이
데스마스크 내 얼굴이 무슨 예고처럼 돌아왔었다 내 원본
을 찾았었다 지난해 시월엔 신현정 시인이 집어 갔던 내
데스마스크를 되돌려주고 세상을 떠났다 신현정의 원본原
本은 볼 수 없게 되었다

* 鄭弘淳. 조선 정조 때 명신. 우의정을 지냈다.

연꽃 한 송이 들고

연꽃 벙그는 아침이면 지팡이 짚고 여기 나와 한참씩
앉았다 가곤 하였다고들 마을 사람들이 기억할 것이다 실
은 한 송이 연꽃이 터질 때마다 가슴에 비수匕首를 맞고
있었음을 아무도 눈치채지는 못하였으리라 연꽃 벙글던
어느 해 아침 이 언덕에서 그는 이별의 비수匕首를 가슴에
받았다 그는 그 기억으로 한참씩 혼절하고 있었던 거였다
벼리고 벼리어서 사랑으로 벼리어서 던지는 이별의 비수
匕首, 터지는 연꽃 한 송이 그게 사랑의 완성이다 그 완성
으로 그는 한참씩 혼절하고 있었던 거였다 살 내리던 거
였다 그는 그렇게 연전 어느 날 아침 완성되었다 벼린 작
두날 맨발로 올라 연꽃 한 송이 들고 허공으로 높이 솟았
다 내려오지 않았다

꿈

꿈속에서 누구로부터 꽃돼지 다섯 마리를 선물로 받았
다 그토록 귀하게 생긴 손을 처음 보았다 범접이 어려웠다
해몽을 위해 애쓰지 않았다 해몽이 바로 난경難經이라는
걸 알고 있었다 옥돌 자배기에 바글거렸다 흠집을 내지 말
라 명령하고 있었다 건드리지 말아야 할 강력한 예감이라
는 게 있다 터득한 바 있다 진종일 발설을 참았다

'ㄱ'초성에 대하여

　모든 初聲의 머리, 소리의 시작 세상의 시작, 呱呱之聲,
첫 아기 울음소리 당신도 呱呱 그렇게 세상에 태어났음을
밝혔다 訓民正音의 첫 소리 첫 글자 세종 임금의 세상 열
기도 그렇게 시작되었다 내 첫 애인의 첫 글자 성씨 머리
도 그러하였다 그래서 그럴까 ㄱ 자 앞에서 나는 언제나
기역, 숨이 막힌다 쪽을 못 쓴다 떠나간 그가 나를 닫아거
는 사립문 하나를 아직껏 가지고 있다 꺾이는 목을 한참
추슬러 펴야 한다 낫 놓고 ㄱ 자도 모른다는 말씀을, 갈수
록 깊어가는 나의 一字無識을, 내 삶의 持病을 다스리지
못하고 있다 ㄱ 자를 만날 그때마다 내 一字無識이 시작
된다 어둡다 一字無識을 열어 無明을 열어 어두운 벌판을
고꾸라지며 통과케 한다 여러 번 통과했다 덕분에 조금
읽을 줄은 알게 되었다 자꾸 태어나야 했다

우주의 가락을 觀하는 초끈 상상력

이럴 때마다 나는 直前을 예감한다 무엇이 다가서고 있
는가 사물들의 큰언니, 작은언니들아, 꽃피는 實體들아
−「律呂集 6−사물들의 큰언니」 부분

엄경희 **문학평론가 · 숭실대 교수**

근대 세계의 도래 이후 분열은 현대인이 겪게 된 대표적
정신 현상 가운데 하나이다. 통일된 자아감은 쉽게 손상되
고 정체성이라는 말은 이제 거짓 환상으로 여겨지곤 한다.
한 존재를 통일된 유기체로 파악한다는 것은 인간의 존재성
을 '질서 잡혀 있음'으로 파악하는 일이라 할 수 있다. 그러
나 이러한 주체 해석의 틀에 제동이 걸리곤 하는데 예를 들
어 들뢰즈(Gilles Deleuze, 1925~1995)는 '기관 없는 신체'라는
개념을 통해 유기체로서의 신체에 대해 물음표를 제기한다.

그에 따르면 유기체로서 인간을 바라보는 관점은 생명의 질서를 파악하는 것이 아니라 생명을 가두는 것에 불과하며 그 같은 질서화 이전의 단계, 즉 기관 없는 신체가 근본적 현상이라고 설명한다. 이러한 주체 담론은 부분과 전체가 필연적 관계에 의해 조직된 것이 곧 생명, 혹은 주체라는 전제를 부정한다. 유기체에 대한 부정에는 거칠게 말해, 분열에 대한 인식이 깔려 있다. 들뢰즈의 주체 철학의 진위 여부를 차치하고라도, 전원 공동체의 붕괴와 도시적 일상의 파편화된 구조를 포함해서 모든 대상을 미립자로 쪼개는 '분석'의 과정을 진리 탐구의 방법으로 선택한 근대적 학문의 세계에 이르기까지, 다양한 층위 속에서 자기 분열을 피할 수 없는 것이 현대인의 삶이라 할 수 있다.

　우리 시에서 유기체로서의 생명 존재에 대한 회의 혹은 부정성이 적극적으로 대두되기 시작한 것은 아이러니하게도 생태 문학이 상당한 정도로 이슈화되기 시작한 1990년대 이후부터이다. 특히 1990년대 이후 우리 시에서 쟁점화된 몸 담론은 대부분 폭력성에 의해 잔혹하게 해체된 신체, 환상성에 의해 형상화된 기괴하고도 기형적인 신체, 분해와 조합이 가능한 기계적 혹은 사이보그적 신체 등과 연관된다. 이들은 자의든 타의든 유기체로서의 인간존재에 대한 위기감과 회의감을 드러낸다는 점에서 공통적이다. 정진규 시인의 시적 지향은 이와 같은 시류와 반대편에 놓여 있다. 그는 1990년대에 출간한 『몸시』(세계사, 1994)와 『알시』(세계사, 1997)뿐만 아니라 그 이후의 시집에서도 일관되게 유기체로서의 몸과 우주관을 강조한다. 이에 대해 필자는 다음과 같이 언급한 바 있다.

나무든 인간이든 그것의 몸은 '나'의 소유물이 아니라 '나' 밖의 것에게 에너지를 공급하는 신성한 모체임을 보여준다. "한 마리 새를 / 평안히 앉힐 수" 있는 몸, 그리고 아낌없이 '먹히'는 몸이야말로 존재의 가장 지극한 형상이라 할 수 있다. 몸이 이기적 욕망의 분출구이며 동시에 욕망을 실현하는 본체라는 통념을 이들 시는 벗어난다. '나'의 것으로 '나 아닌 것들'을 기른다는 사실은 생명의 유기적 관계를 성립시키는 기본 구도이다. 여기에는 '나'의 희생이 있는 것이 아니라 '나'와 '너'를 관계 맺게 하는 상생相生의 질서가 내포되어 있다. '나'는 먹힘으로써, 그리고 '너'로부터 자양을 받아 옴으로써 생명 번성의 오묘한 프로그램에 참가하는 것이다. 이것을 시인은 '사랑'이라 말한다.

서로의 생명을 보육해주는 상생의 정점은 정진규의 시에서 '낳다'라는 행위로 드러난다. '낳다'는 상생의 질서가 만들어내는 가장 고귀한 결과이다. '낳다'는 응축된 생명의 에너지가 한꺼번에 존재의 밖을 향해 쏟아져 나옴으로써 또 하나의 생명을 창조해내는 순간적 사건이다. 시인은 '낳다'의 신성함을 다만 인간 주체의 것으로 소유하려 하지 않는다. 그의 시 「우리나라엔 풀밭이 많다」에서 "오늘 아침 산책길에서 풀밭에서 그 초록힘들의 무리를, 낳는 힘들을 보았다 뾰족뾰족 땅을 들추고 있었다 나도 이 봄에 손자 하나를 더 보았다 손자가 둘이다! 그렇다면 나도 이제 십만 톤은 넘는다 할 수 있다"고 그는 말한다. 여기에는 창조의 주체가 인간이라는 오만한 관념을 벗어난 평등의식이 내재해 있다. 땅을 밀고 나오는 풀의 힘을 '낳다'라는 말로 복귀시키는 자연에 대한 이러한 대접은 인간과 자연의 동일성을 상정하고 있는 생태적 사유를 나타낸다.(『질주와 산책』, 새움, 2003, pp. 83~84)

　이와 같은 생태적 사유를 기반으로 하는 상생의 철학은 정진규의 시의식을 관통하는 가장 중요한 기저이다.

여자들은 무엇에나 한 그릇 밥을 고봉으로 슬어놓는다
하얀 알을 슬어놓는다 지어놓는다 낳는 일과 짓는 일은
다르지 않다 고추 농사 지을 때마저 그렇게 한다 가득 밴
노오란 고추씨들 가을 햇살 아래 쏟아진다 배를 따고 있
다 그래야 直星이 풀린다 다행이다

    -「律呂集 28-胎」전문

이 시는 정진규의 '낳다'로 요약되는 생명 번성의 프로그
램을 강조한 작품이라 할 수 있다. 여자들은 알을 슬어놓고
밥을 짓고 씨앗 주머니를 딴다. 이 모두는 생성과 보육에 참
여하는 유기체적 몸이 전제될 때 가능한 일이다. "그래야 直
星이 풀린다 다행이다"라는 마지막 구절에는 생명을 유전하
려는 단호한 소명 의식과 안도 의식이 함께 내포되어 있다.
주목할 것은 제목에서 알 수 있듯이, 시인은 존재의 생명 프
로그램을 '율려'라고 말한다. 율려는 좁게는 '음성이나 음악
의 가락'을 뜻하지만 이 용어에는 동양의 심오한 자연관과
우주관이 담겨 있다. 율려는 12음, 즉 六律과 六呂를 지칭
하는데 이는 각각 1년 중 陽에 해당하는 따뜻한 여섯 달과
陰에 해당하는 차가운 여섯 달에 대응하는 것이다. 다시 말
해 율려는 음양의 조화가 만들어내는 가락이라 할 수 있다.

동양적 세계에서 우주 생명은 음과 양의 결합과 분리가 만들어내는 천변만화의 조화로 이루어진다. 그 우주의 가락이 율려이다. 인간에게 미치는 음양의 조화를 음악의 근본으로 삼는다는 점에서 율려는 동양의 생명우주과학이라 할 수 있는 주역의 시초이다. 시인은 自序에서 율려에 대해 다음과 같이 설명한 바 있다.

　율려란 우주의 생체리듬이다. 내가 추구해온 '산문시'의 리듬이다. 陰과 陽을 모든 대상으로부터 감지, 無縫交 습하는 존재의 총체적 실현이다. 몸이다. 不二의 궁극이다. '律'의 어느 부분에 '몸'를 얹고 '몸'의 어느 깊이에 '律'을 놓느냐, 어느 무게를 골라 얹느냐, 그리하여 서로의 어느 길섶에서 몸 섞이게 하느냐, 그 순간을 듣고 보느냐, 실체를 생산하느냐, 하는 것이 시의 관건이다. 순서대로 싹 틔우고 꽃대궁 세우고 노랑꽃 한 송이 피우다가 허공에 날리는 민들레의 飛白, 모두가 '律'과 '몸'의 如合符節이다. 그 여합부절의 변형 실체다. '몸'이라는 생체가 그런 구조로 틈이 없이 흐른다. 六律 六몸를 감지하면서부터 내 시도 음양을 제대로 드나들고 있다고 할 수 있다. 쓰고 나면 온몸이 개운하고 시장기가 돈다.

'不二'로서 음양의 조화가 존재와 자연과 우주의 근본 리듬이라는 시인의 '율려'관은 그간 정진규가 상생 철학을 바탕으로 보여주었던 인간관과 자연관을 응집한 관념의 요체라 할 수 있다. 율려는 분열과 분리를 가로지르는 '몸 섞기'론이며 이를 통해 존재와 우주는 하나의 총체적 실현으로 나아가게 된다. 이때 중요한 것은 시인이 생체리듬이라고 말한 것에서 짐작할 수 있듯이 존재 혹은 사물의 '운동성'이다. 낳고 보육하고 상생하는 만물의 조화로운 운동성에 의해 우주와 생명은 하나의 유기적 고리로 질서를 이루게 된다. 이러한 율려의 질서에 참여하기 위해 몸을 열어야한다.

같이 살자 해놓고서도 우후죽순이 아니라 우후 잡초로 솟아오르는 쇠뜨기 질경이 괭이눈들을 서둘러 뽑고 있는 나는 아직도 빗장이 많고, 좀 지나 땅이 말라 물기 가시면 풀들이 뽑히지 않는다는 걸 잘 알고 있기 때문이다 나의 방어는 이토록 훈련되어 있다 해마다 새 나무들을 심어서 먼저 심은 나무들의 자리와 허공을 갑갑하게 하는 것 또한 자유의 황홀을 탐한다 하면서 욕망의 황홀에 아직껏 자유롭지 못하기 때문이다 언제야 비인 자리를 그

냥 두고 볼 수 있을까 냅둘 수 있을까 지난봄 새로 심은
배롱나무 두 그루가 어제오늘 심상치 않다 놀라워라, 滿
開로 나를 황홀케 한다 빗장을 열어젖힌 것인가 갑갑한
허공을 터뜨린 것인가 革命인 것인가 자유의 황홀을 내
게 압도적으로 가르치는 것인가 내 안에 넘치도록 가둔,
곳간에 쟁이고 쟁여둔 욕망의 황홀인가 어느 쪽인가 또
한 手 눈치채고 있는 중이다 몸이 뜨겁다

    —「律呂集 12—새로 심은 배롱나무 두 그루」 전문

정진규의 율려 시편에서 자주 발견되는 '열림', '트임', '확
장', '無縫', '비인 자리' 등은 동일한 지향을 함의하는 시어
들이다. 「律呂集 42—방죽에 대하여」에서 보이는 "초록 金剛
연뿌리 햇빛 쟁이고 쟁여 초록으로 개었다 닫힌 너도 열 수
있겠다", 「律呂集 23—쨍한」에서 보이는 "얼음 金剛 쨍한
트임", 「律呂集 24—수평선」에서 보이는 "경계를 긋고 있는
無縫의 律呂여 거기까지 나를 확장한다"와 같은 구절에서
그 예를 발견할 수 있다. 개체로서의 몸이 율려의 운동성에
동참하기 위해서는 열려야 하고 트여야 하고 확장되어야 한
다. 그 경계는 無縫이어야 如合符節이 일어날 수 있다. 아
울러 비인 자리가 있어야 생명의 기운을 쏟아내는 일이 가

능하다. 이 시는 아직 '빗장'이 많은 화자와 '滿開'로 허공을 터뜨린 배롱나무 두 그루의 대비를 통해서 성찰과 깨달음이라는 시적 맥락을 만들어낸다. "해마다 새 나무들을 심어서 먼저 심은 나무들의 자리와 허공을 갑갑하게 하는 것"은 빈 자리의 풍요를 욕망으로 빗장 지르는 행위라 할 수 있다. 이 같은 화자에게 만개한 배롱나무는 비인 자리가 있어야 열리고 트이고 확장된다는 사실을 몸으로 알려준다. 다른 시 「律呂集 13-가지를 치다」에서도 시인은 "나무란 가지를 잘 솎아주어야 허공을 제 몸속에 잘 다스릴 수 있다는 것"이라고 말한다. 빗장이 열리는 순간 화자의 몸은 뜨거움으로 달아오른다. 율려를 觀하는 정신의 혈류가 몸의 생명적 온기를 확장시키는 것이다. 화자의 몸이 꽃이 만개한 허공의 트임 속으로 如合符節하는 중인 것이다. 이와 같은 몸 섞기의 과정에는 '지속'으로서의 시간 의식이 관류하고 있다. 그런데 정진규의 지속은 과거와 현재의 순차적 지속이 아니다.

마악 지고 난 붉은 배롱나무 꽃자리를 통과하고 있는 쓸쓸한 저녁노을 묻히고 서 있는 여자의 바알간 목덜미, 그렇게 나를 기다리고 서 있는 그에게로 오늘도 내가 숨

어든다 돌아오고 있다 오늘도 낡은 가방을 들고 삼십 년
대처럼 내가 아주 작은 키로 버스에서 내리고 있다 중절
모를 쓰고 있다 논두렁길로 한참 더 걸어 들어가야 한다
　　—「律呂集 32—保體里」전문

　경기도 안성에 있는 보체리는 시인의 고향 마을이다. 이
시는 고향 회귀의 마음을 그린 작품 이상의 의미를 함의한
다. 시간의 운동성이 매우 독특하게 형상화되어 있기 때문
이다. 구체적으로 살펴보면, "그에게로 오늘도 내가 숨어든
다 돌아오고 있다"라는 구절에서 보이는 '숨어든다'와 '돌
아오고 있다'는 표면상으로는 상호모순적 표현이다. '들다
(가다)'와 '오다'가 동시에 진행되고 있기 때문이다. 그런데
이 표현은 모순이 아니라 화자의 현존과 과거 시간의 쌍방
적 움직임의 표식이라 할 수 있다. 아주 작은 키로 버스에
서 내리는 과거의 나와 중절모를 쓴 현재의 나가 동시적으
로 출현하는 것도 이와 같은 상상력에 의한 것이다. 시인은
순차성에 따른 시간의 배열을 동시성으로 바꿈으로써 시간
의 격절을 무화시키고 봉합이 없는 시간 연속체를 형상화한
다. 매듭이 없는 시간의 지속감, 이것이 율려적 시간 의식
이다. 율려적 시간의 끈을 따라 모든 만물은 연이어진다.

그것은 정진규의 시에서 '멕이다'라는 상징적 행위로 드러
난다.

　산다는 게 이리 축복이라는 걸 알게 되었다 해보니까
확실히 그렇다 나를 가꾸는 게 꽃이기도 하거니와 내가
그런 꽃들을 가꾸는 사람이라니! 축복이다 꽃으로 내가
날로 가꾸어지고 있다니! 날 버리고 간 사람아, 다시 돌
아오시게나 가꾸는 힘을 내가 꽃들에게 주고 있다니! 그
대에게도 진정 이젠 드리고 싶네 나도 그대에게 밥을 멕
이고 싶네 흘리지 않고 멕이고 싶네 꽃들에겐 이음새가
있다네 수선화 제가 다 못 멕이면 앵초에게 앵초는 달맞
이꽃에게 이내 손잡아 건네는 어머니의 손, 멕이는 손,
연이어 핀다네 꽃을 가꾸어보아야 저승까지 보인다네 저
승까지 당겨서 보게 된다네 어머니가 보인다네 저승까지
당겨서 꽃밥 멕이는
　－「律呂集 45－꽃을 가꾸며」 전문

정진규 시에서 '가꾸다'와 '멕이다'는 동일한 의미를 갖
는다. 가꾸는 일이 곧 멕이는 일이기 때문이다. 그런데 그
에게 꽃을 가꾸는 일은 자기 자신을 가꾸는 일과 같은 것이

다. 이런 맥락에서 본다면 날 버리고 간 '그대'에게 밥을 멕이는 일은 나에게 밥을 멕이는 일과 같은 행위이다. 여기에는 나와 그대가 서로를 가꾸는 생명 고리의 연속이라는 사실이 내포되어 있다. 해서 시인은 "꽃들에겐 이음새가 있다네 수선화 제가 다 못 멕이면 앵초에게 앵초는 달맞이꽃에게 이내 손잡아 건네는 어머니의 손, 멕이는 손, 연이어 핀다네"라고 말한다. 한 행으로 이루어진 시 「律呂集 27 – 야단법석」에서 보이는 "마른논에 물 대고 나니 개구리들 밤새 잠 못 이루신다"와 같은 구절은 이 같은 연속적 세계관을 한 획의 붓놀림으로 드러낸 예이다. 「律呂集 2 – 밥을 멕이다」 또한 동일한 상상을 기반으로 한 작품이라 할 수 있다. 서로를 멕이는 손들의 이어짐, 이것이 율려의 운동성이다. 율려의 운동성은 삶과 죽음을 연속시키는 초시·공간적 인식으로 확장·심화되곤 한다.

시인의 율려로서의 존재관, 자연관을 살피는 가운데 그의 이 같은 시적 사유가 물리학에서 말하는 초끈이론과 유사하다는 생각을 해보게 된다. 물리학자 미치오 가쿠는 그의 저서 『평행우주』에서 만물의 이론theory of everything이라 할 수 있는 초끈이론superstring theory에 대해 다음과 같이 설명한다.

초끈이론과 M-이론의 기본 개념은 아주 간단하다. 우주를 이루고 있는 모든 입자들이 바이올린의 끈string이나 북의 막membrane과 같은 구조를 갖고 있다는 것이 이 이론의 핵심이다. 다시 말해서, 자연에 존재하는 다양한 입자들은 그 출신 성분이 무엇이건 간에 모두 끈이나 막의 구조를 갖고 있으며, 이들이 진동하는 패턴에 따라 우리의 눈에 각기 다른 입자로 보인다는 것이다. 단, 여기서 말하는 끈이나 막은 일상적인 3차원 공간이 아니라 11차원 초공간 속에 존재한다. (……) 이 작은 끈들은 각기 다른 진동수와 다른 패턴으로 끊임없이 진동하고 있다. 만일 이들 중 하나를 골라서 기타 줄을 퉁기듯이 잡아 뜯는다면, 끈의 진동 패턴이 바뀌면서 다른 입자로(예를 들면 쿼크 같은 입자) 변환될 것이다. 그리고 끈을 또 한 차례 쥐어 뜯으면 쿼크의 특성이 사라지면서 (예컨대) 뉴트리노로 바뀔 것이다. 이와 같이, 초끈이론은 자연에 존재하는 모든 입자들을 '각기 다른 형태로 진동하는 끈'으로 간주하고 있다. 이렇게 생각하면 우리는 그 많은 입자들을 일일이 상대할 필요가 없다. 즉, 초끈이론은 다양한 패턴으로 진동하는 하나의 끈으로부터 모든 입자들을 유추해내기 때문에, 통일된 이론 체계를 세우는 데 매우 유리한 조건을 갖추고 있다.

　이 논리에 의하면, 지난 수천 년 동안 수많은 실험을 통해 밝혀진 물리학의 모든 법칙들은 끈과 막의 조화 법칙으로 요약될 수 있다. 화학은 이 끈으로 연주할 수 있는 멜로디에 비유할 수 있고, 우주는 끈으로 연주되는 교향곡에 해당된다. 또한, 아인슈타인이 말했던 '신의 마음'은 초공간에서 일어나는 우주적 공명이라 할 수 있다.(pp. 42~44)

나는 과학에 대해 일천한 지식을 가진 사람이지만 간혹 시적 상상력과 과학적 상상력의 출발이 서로 멀지 않다는 생각을 하곤 한다. 수백 년 동안 과학자를 괴롭혔던 '올베르스의 역설', 즉 밤하늘이 왜 검은지에 대해 해답을 제시한 사람은 놀랍게도 우리에게 너무도 잘 알려진 미국의 소설가 에드거 앨런 포(Edgar Allan Poe, 1809~1849)가 아니었던가. 만물이 상호연속성 속에서 운동하며 하나의 끈으로 대우주의 리듬을 만든다는 율려의 요체와 자연에 존재하는 모든 입자들을 '각기 다른 형태로 진동하는 끈'으로 간주하는 우주만물 이론으로서 초끈이론이 상통한다는 사실이 흥미롭지 않은가. 진동하는 끈, 우주의 음악을 시인은 "비안개 피어오른다 젖어서 이어진다 이어지는 소리가 나와 콩잎들을 들깻잎들을 빗줄기들을 건너다닌다"(「律呂集 15 - 비 오는 날」)라고 묘사하기도 한다. 그런 의미에서 정진규의 '율려'는 시적 상상의 초끈이라 할 수 있다. 율려 시편에서 울려 나오는 공명은 분열과 파편화로 얼룩진 존재와 자연성에 대한 인식을 재확인하도록 유도한다.

존재와 자연, 우주에 대한 인식은 경험과 지식과 관념이 결합되면서 형성된다. 여기에는 인생에 대한 지향과 사물에 대한 태도가 담겨 있다. 정진규가 '율려'를 통해서 지속하고 있는 자연 인식의 틀 또한 그러하다. 그의 열림, 트임, 확장의 상상력은 나 아닌 다른 것을 기르고 멕이는 손의 확장이다. 이 생명의 연속적 고리는 무봉의 세계로 무한히 번짐으로써 생명의 번성을 이룩한다. 이 같은 관념의 지평은 자칫하면 낙관적 논리의 딱딱함으로 도식화될 수도 있다. 그러나 정진규의 '율려' 인식은 그런 도식에서 벗어난다. 그의 관념에는 늘 살아 있는 한 존재의 '슬픔'이 개입되어 있기 때문이다.

십일월의 이 쓸쓸함을 총체적으로 규명하고 싶었다 확인한 바로는 첫째, 십일월이 그 위대한 이유이고 우주가

제일 깊게 기우는 시간이고 내 음양이 그렇게 기울고 있
었기 때문이었다 십이월은 일어서기 시작하는 直前의 시
간이고 십일월은 마지막으로 기우는 시간이기 때문이고
그 무게를 내가 감당하기 쉽지 않았기 때문이었다 두 번
째 이유는 내가 시를 읽고 있었기 때문이고 읽을수록 나
의 시간이 공복이 되어가고 있었기 때문이었다

　－「律呂集 47-십일월의 저녁」부분

　음양이 제일 깊게 기우는 시간, 공복으로 치닫는 시간,
이는 시의 시간이고 존재의 시간이다. 시인은 그 무게를 감
당하기 어렵다고 말한다. 이 같은 실존의 시간은 쓸쓸하지
만 위대하다. 무한히 번지는 생명의 연속 속에서 개체의 사
멸을 예감하는 순간이기 때문이다. 이러한 존재론적 슬픔을
껴안고 시인은 "자다 깨면 늘 타던 목도 이젠 갈하지 않고
막힌 눈물샘마저 트였는지 슬픔의 촉기란 것도 알게 되었
다"(「律呂集 42-방죽에 대하여」)고 고백한다. 또 다른 시에서
보이는 "울음 살결, 소리 살결 슬픔의 소리테가 소리 없이
둥글게 돈다"(「律呂集 16-늦가을 1」), "나이 든 여자의 굽은
허리여, 슬픈 맨살이 햇살에 드러나 보였다"(「律呂集 30-산
비알」)와 같은 구절에서 알 수 있듯이, 시인은 만물의 조화

를 생성하는 율려의 운동성으로부터 인간적 슬픔을 소거하지 않는다. 정진규에게 슬픔은 마음이 너에게로 번져가는 또 하나의 율려의 고리이다. 생명 번성의 프로그램에서 어찌 슬픔의 끈끈한 가락을 지울 수 있겠는가! '낳다'의 산고와 진통 그리고 개체의 사멸에 이르기까지, 어찌 눈물을 지울 수 있겠는가! 율려의 리듬이 음양의 조화라면 기쁨과 슬픔의 如合符節 또한 그 리듬의 진동 가운데 하나이다.

정진규의 주요 문학 연보(2011년 6월 현재)

1939년 ○ 경기도 안성시 미양면 보체리 12번지에서 아버
지 東萊人 鄭完謨와 어머니 杞溪 俞氏 俞富卿
사이의 10남매 중 셋째 아들로 태어남. 산과 들
을 헤매 다니거나 뒤뜰 書庫에 산적한 古書와
선조들의 文集들 사이에 숨어들어 한나절씩 책
냄새를 맡다가 나오곤 하면서 어린 시절을 보냄.

1957년 ○ 안성농업고등학교 재학 중 같은 학교의 김정혁,
박봉학, 홍성택 등과 동인시집 『芽話集』, 『바다
로 가는 合唱』 등을 프린트본으로 간행, 이해 학
원문학상을 받음.

1958년 ○ 고려대학교 문리과대학 국어국문학과에 입학,
당시 교수이던 조지훈 시인의 문하를 드나듦. 재
학 중 인권환(고려대 교수), 박노준(한양대 교수),
이기서(고려대 교수), 변영림(정진규의 부인) 등과
동인 '靑塔會'를 만들어 동인지 《白流》(프린트본)
를 발간하는 등 '고대문학회'의 일원으로 활동

함. 萬海 韓龍雲 文學全集 원고 발굴 정리에 참
여함.

1960년 ○ 조지훈, 김동명 두 분의 심사로 〈동아일보〉 신춘
문예를 통해 등단. 등단작은 「나팔 抒情」. 이해
여름부터 조동일(전 서울대 교수), 이유경(시인),
주문돈(시인), 박상배(시인) 등과 동인 '火曜會'를
만들어 매주 시를 위한 토론회를 갖고 육당에서
청록파까지의 시를 체계적으로 읽음. 동시에 조
동일의 번역으로 프랑스의 상징주의에서 초현실
주의까지의 시세계를 섭렵, 현대시로서의 방법
론에 눈뜨기 시작함.

1961년 ○ 군에 자원 입대. 1963년 학보병으로 제대. 입대
하던 해 변영림과 결혼하고 장남 敏泳(독문학 박
사, 외국어대 교수) 태어남.

1963년 ○ 시인 전봉건의 권유로 동인 '현대시'에 참가. 황
운헌, 허만하, 김영태, 이유경, 주문돈, 김규태,
김종해, 이승훈, 이수익, 박의상, 이건청, 오탁번,
마종하 등과 제12집까지 활동. 이때 박목월, 박
남수, 김수영, 김종삼, 전봉건, 김종길, 김광림 시
인들을 만남. 제1회 고려대학교 문화상을 받음.

1964년 o 대학을 졸업하고 풍문여고, 숭문고, 휘문고 등에
         서 10여 년간 교직 생활 전전. 딸 栖英(조각가)
         태어남.

1965년 o 김광림 시인의 주선으로 제1시집 『마른 수수깡
         의 平和』(모음사) 출간.

1967년 o 시론의 견해 차이로 말미암아 자의 반 타의 반
         으로 동인 '현대시'를 떠남.

1969년 o 전환의 시론 「詩의 애매함에 대하여」와 「詩의 정
         직함에 대하여」를 2회에 걸쳐 시지 《詩人》(조태
         일 시인 주재)에 발표. 이때부터 시에 있어서의
         개인과 집단에 대한 대립적 사고의 통합 의지에
         골몰함. 이해 차남 芝泳(미국 컨설팅 한국 본부장)
         태어남.

1971년 o 문학평론가 홍기삼의 주선으로 제2시집 『有限의
         빗장』(예술세계사) 출간.

1975년 o 교직 생활을 청산하고 주식회사 진로에 입사하
         여 홍보 관계의 일을 1988년까지 함.

1977년 o 제3시집 『들판의 비인 집이로다』(교학사)를 출간.
         이때부터 시에 산문 형태를 도입. 개인과 집단의
         문제, 이른바 '詩性'과 '散文性'의 구체적 통합에

들어감. 서정적 억양의 생명률과 환상의 파도가 있는 산문 형태를 새로운 시 형식으로 천착함.

1979년 ○ 시인 김종해의 주선으로 제4시집 『매달려 있음의 세상』(문학예술사) 출간. 이해부터 이근배, 허영자, 김후란, 김종해, 이탄, 이건청, 강우식 시인 등과 함께 '현대시를 위한 실험무대'를 극단 '민예극장'과 함께 갖기 시작함. 시극 〈빛이여 빛이여〉를 허규 연출로 공연. 이와 같은 시와 무대에 관한 관심은 '시춤'으로 이어져 〈따뜻한 상징〉(창무춤터, 1987), 〈오열도〉(김숙자무용단, 문예회관, 1988), 〈和〉(김숙자무용단, 국립극장대극장, 1990), 〈먹춤〉(직접 출연, 류기봉 포도밭, 1990), 교향시 〈조용한 아침의 나라〉(장일남 작곡, 세종문화회관, 1990) 등의 공연으로 이어진다.

1980년 ○ 시집 『매달려 있음의 세상』으로 제12회 한국시인협회상을 수상.

1981년 ○ 이상화 평전 『마돈나 언젠들 안 갈 수 있으랴』(문학세계사) 간행.

1982년 ○ 경기도 이천 효암窯에서 그간 관심을 가져왔던 붓글씨로 1천 개의 백자에 우리의 시들을 적어

넣음. 이해부터 한국시인협회 사무국장을 맡아 1983년까지 일함.

1983년   제5시집 『비어 있음의 충만을 위하여』(민족문화사)를 출간. 시론집 『韓國現代詩散藁』(민족문화사)와 편저 『芝薰詩論』(민족문화사)을 출간.

1984년   제6시집 『연필로 쓰기』(영언문화사) 출간. 이 시집에 대해 '산문시집'이라는 말을 시인 이탄이 붙임.

1985년   시집 『연필로 쓰기』로 월탄문학상 수상.

1986년   제7시집 『뼈에 대하여』(정음사) 출간. 이해 개최된 '86 아시아 詩人會議-서울大會' 회의의 실무를 맡아 일함.

1987년   시집 『뼈에 대하여』로 현대시학작품상 수상. 이해 문학선 『따뜻한 상징』(나남) 출간.

1988년   전봉건 시인의 작고로 월간 시 전문지 《현대시학》을 승계, 2011년 현재에 이르기까지 24년간 주간을 맡아오고 있음.

1989년   자선시집 『옹이에 대하여』(문학사상사) 출간. 같은 해 그림시집 『꿈을 낳는 사람』(한겨레) 출간.

1990년   제8시집 『별들의 바탕은 어둠이 마땅하다』(문학

세계사) 출간.

1991년 ○ 한국대표시인 100인 선집 『말씀의 춤을 위하여』
(미래사) 출간.

1994년 ○ 제9시집 『몸詩』(세계사) 출간. 시간 속의 우리
존재와 영원 속의 우리 존재를 함께 지니고 있
는 실체를 '몸'이라 부르기 시작함.

1995년 ○ '현대시' 동인들과 재결합. 편저 『나의 詩, 나의
시쓰기』(토담) 출간.

1996년 ○ 한국시인협회 상임위원장.

1997년 ○ 제10시집 『알詩』(세계사) 출간. '몸'이 추구하는
우주적 완결성을 '알'로 상징화하고 있음.

1998년 ○ 한국시인협회 회장으로 추대됨(~2000년).

1999년 ○ 10월 5일, 후배 시인들과 제자들의 도움으로 시
력 40년을 돌아보는 '鄭鎭圭詩歷40年詩祭'를 가
짐(타워호텔).

2000년 ○ 제11시집 『도둑이 다녀가셨다』(세계사) 출간.

2001년 ○ 시집 『도둑이 다녀가셨다』로 공초문학상 수상.

2002년 ○ 한국 현대시 100인의 시를 붓글씨로 쓴 〈정진규
詩書展〉을 10월 14일부터 10월 27일까지 한국문
화예술진흥원 마로니에미술관에서 갖고 도록

『綱山詩書』(현대시학)를 간행.

2003년 ○ 시론집 『질문과 과녁』(동학사) 출간.

2004년 ○ 제12시집 『本色』(천년의시작) 출간. 제2회 〈정진
규의 춤쓰기 먹춤〉 공연(9월 4일, 류기봉 포도밭)
에서 50미터의 흰 광목에 춤을 추며 즉흥시를
붓으로 써 내려감.

2005년 ○ 독일어 번역 시집 『말씀의 춤 Tanz der Worte』(독일
프랑크푸르트 아벨라社, 100편 수록) 출간. 문학평
론가 정효구 교수의 『정진규의 시와 시론 연구』
(푸른사상사) 출간.

2006년 ○ 문화예술발전 유공자로 선정 대한민국 문화훈장
수훈. 제3회 〈먹춤〉 공연(류기봉 포도밭).

2007년 ○ 제13시집 『껍질』(세계사) 출간. 시선집 『정진규
시선집』(책만드는집) 출간.

2008년 ○ 3월 거처를 生家 경기도 안성시 미양면 보체리
12번지 夕佳軒으로 옮김. 불교문학상 수상. 제4회
시굿 공연(고려대학교 교정 조지훈 시비 건립 제막
기념식). 활판공방 정진규 시선집 『우리나라엔 풀
밭이 많다』(十月) 출간.

2009년 ○ 제14시집 『공기는 내 사랑』(책만드는집) 출간. 제

2회 이상 시문학상 수상.

2010년   8월 만해대상 수상. 11월 주재 중인 시 전문지 월간 《현대시학》 500호 발간.

2011년   고려대, 순천향대 강사, 한양여대 문예창작과 교수 역임. 현재 한국시인협회 평의원. 월간 시 전문지 『현대시학』 주간.